**DER
SCHNITTER
IST ZURÜCK**
...der hinterhältige Eiferer,
den wir in den Bestseller-Alben
BATMAN: DAS ZWEITE JAHR
vorstellten, ist aus
dem Grab gestiegen
und bringt Tod
und Verderben nach
Gotham City.
Um dem Terror des Schnitters
ein Ende zu setzen,
muß sich Batman
mit dem Geheimnis
des Mörders seiner Eltern
auseinandersetzen -
und den eigenen
Verstand riskieren...

Batman von Bob Kane

MIKE W. BARR
Skript

ALAN DAVIS
Zeichnungen

MARK FARMER
Tusche

GUDRUN VÖLK
Lettering

TOM ZIUKO
Farben

HAJO F. BREUER
Deutscher Text

Die Reihe COMIC 2000 erscheint monatlich im NORBERT HETHKE VERLAG GMBH,
Postfach 1170, 6917 Schönau, Tel.: 06228/1063.
Herausgeber und Verleger: NORBERT HETHKE. Chefredakteur: HAJO F. BREUER.
Herstellung: ANITA KINZINGER. Lithos: R.T.S. REPRO TECHNIK,SPANDAU, Tel.: 030/333 70 10.
BATMAN: FULL CIRCLE © Copyright: DC Comics, Inc., A division of Warner Bros. -
A Time Warner Company, 1992. Alle Rechte vorbehalten.
Die in dieser Ausgabe enthaltenen Comics, Charaktere und Namen sind Eigentum von DC Comics, Inc.
und werden mit Genehmigung von DC Comics, Inc. verwendet.
© Copyright der deutschsprachigen Ausgabe 1992: Norbert Hethke Verlag.
Lizenzberatung: Agentur Hans W. Fuchs, Stuttgart. Auslieferung durch den Verlag.
Für unverlangt eingesandte Manuskripte, Fotos und andere Beiträge wird keine Haftung übernommen.
EIN PRODUKT DES NORBERT HETHKE VERLAGS
ISBN 3-89207-547-6
Redaktionsanschrift: Redaktionsbüro Mönchengladbach,
Postfach 20 05 43, 4050 Mönchengladbach 2

Dies ist eine sehr alte Geschichte, was Batman-Storys angeht. Sie ereignete sich in den Tagen, als der Dunkle Ritter gerade einen rot, gelb und grün gekleideten Jungen unter seine Fittiche genommen hatte.

Anfangs schienen sie ein Paar zu sein, das nicht zusammenpaszte. Der Ritter sprach selten, stand da wie eine Säule muskelgewordener Finsternis. Der Junge hingegen war selten still und hüpfte wie ein lachender Sonnenstrahl umher.

Jedoch wurde bald klar, dasz ein unzerreiszbares Band die beiden trotz aller Unterschiede zusammenhielt. Beide hatten sie eine Tragödie erlitten, die sie beide für immer verändert hatte.

Der Ritter, der bisher allein gekämpft hatte, wurde nun Vater, groszer Bruder, Lehrer. Der Junge, dessen Welt zerschmettert worden war, wurde Sohn, kleiner Bruder, Schüler.

Beide hatten das Ziel, dasz kein anderer so leiden sollte wie sie. Beide würden frohen Herzens ihr Leben für den anderen geben.

Und so wuchs die Legende vom Dunklen Ritter und dem Wunderboy... doch so wie es immer Legenden geben wird, gibt es auch immer solche, die sie zerstören wollen ...

HE, DAS BAT-SIGNAL! DIESE NACHT MACHEN WIR WOHL ÜBER-STUNDEN!

WAS POLIZEICHEF GORDON AUCH WILL, ES KANN WARTEN, ROBIN!

DU HAST DICH DA DRINNEN WIE DER ERSTE AMATEUR BENOMMEN! DU HAST NICHT NUR OHNE DECKUNG, SONDERN AUCH VÖLLIG PLAN-LOS ANGEGRIFFEN!

ICH ... ICH DACHTE NICHT ...

GENAU. DU WIRST KEINE WEITEREN EINSÄTZE MITMACHEN, BIS DU DEINE REIFE BE-WIESEN HAST.

JA, SIR.

SCHLECHTE NEUIGKEITEN ... DER SCHNITTER!

UNMÖGLICH, POLIZEICHEF. ER IST TOT. ES MUSS SICH UM EI-NEN NACHAHMER HANDELN, DER VON SEINEM RUF ZEHREN WILL.

DAS DACHTE ICH AUCH, BIS ICH SEINE KU-GELN VON DEN BALLISTI-KERN ÜBERPRÜFEN LIESS ...

" ES SIND DIE GLEICHEN! UND VER-GISS NICHT, DIE LEICHE WURDE GESTOH-LEN, EHE MAN IHN OFFIZIELL FÜR TOT ERKLÄRTE.

ICH WEISS, POLIZEICHEF. UND ICH WEISS AUCH, DASS ER AUS DEM 40. STOCK FIEL!

„ ..IN 'NE ABRISS-GE-
GEND AUF DER AND-
EREN SEITE DER STADT.
SIE UNTERHIELTEN SICH.
ICH KONNTE ES NICHT
GLAUBEN...! BATMAN
SAGTE, MEIN DAD HABE
VOR EIN PAAR JAHREN SEI-
NE ELTERN UMGEBRACHT!
ICH WUSSTE NICHT,
WAS ICH TUN SOLLTE...''

„ ..DA NAHM BATMAN
SEINE MASKE AB! ICH HÄT-
TE MEINE SEELE DAFÜR
GEGEBEN, EINMAL SEIN
GESICHT VON NAHEM ZU
SEHEN ...''

„ DOCH DANN FING DER KAMPF SCHON
AN! DAD HATTE NIE EINE CHANCE.
BATMAN SCHLUG IHN, WENN ER
NICHT HINSAH ...''

„ UND DANN WOLLTE ER
IHN *UMBRINGEN*!''

„ICH WOLLTE IRGENDWAS TUN ...
WAS GENAU, WEISS ICH BIS HEU-
TE NICHT. ABER IRGENDWAS ...''

„ DOCH BEVOR ICH DIE CHANCE
HATTE, HÖRTE ICH *GELÄCHTER* ...''

„ DANN SAH ICH IHN ZUM
ERSTEN MAL! ICH HATTE VON IHM
GEHÖRT UND HOFFTE, ER WÜR-
DE MEINEN DAD RETTEN ...''

MASTER DICK, SIE MÜSSEN VERSUCHEN, ETWAS ZU ESSEN!

ICH HABE KEINEN HUNGER, ALFRED!

UND ÜBERHAUPT, WOZU SOLL ICH KRÄFTIG BLEIBEN? BRUCE HAT VIELLEICHT SCHON EINE SUCHANZEIGE FÜR EINEN NEUEN PARTNER AUFGEGEBEN!

DAS IST NICHT FAIR, MASTER DICK. MEHR ALS ALLES ANDERE INTERESSIERT IHN IHR WOHLERGEHEN!

ICH WEISS JA. ES IST NUR SO, DASS ER SO... VERDAMMT HART IST!

ER IST STRENGER MIT SICH ALS MIT JEDEM ANDEREN SONST.

ICH FÜRCHTE, GENAU DARÜBER MACHE ICH MIR SORGEN, ALFRED... IHN ZU ENTTÄUSCHEN! WAS IST, WENN ETWAS PASSIERT, DAS IHN IN DEN WAHNSINN TREIBT?

VIELLEICHT ETWAS, DAS ICH GETAN HABE?

ICH BIN SICHER, SO ETWAS KÖNNTEN SIE NIE TUN, SIR!

NUN, ICH BRINGE DAS GESCHIRR WOHL AM BESTEN NACH UNTEN UND WASCHE AB...

LASS MAN, ALFRED, ICH HELFE DIR DABEI!

SEHR NETT VON IHNEN, SIR!

SIE IST *WEG*, ALFRED!

WEN WUNDERT'S, SIR? SIE IST SICHER SEHR DURCHEINAN-DER, DA SIE DOCH MIT DEM SCHNITTER VERWANDT IST!

ICH KANN'S NUR SCHWER GLAUBEN, DASS DER SCHNITTER WIRKLICH *LEBT*, ABER WIE SIE SO OFT SAGTEN: „DIE BALLISTIK LÜGT NICHT!"

MENSCHEN HINGEGEN SCHON. ES IST EINFACHER ZU GLAU-BEN, DASS JEMAND LEICHE UND WAFFEN DES SCHNITTERS FAND UND SICH ALS ER AUSGIBT. JA, RACHEL WÄRE VERZWEIFELT ...

SNAP

NATÜRLICH! JETZT WEISS ICH, WO SIE STECKT!

WO WIR VON DEN VERZWEIFELTEN REDEN, SIR, MASTER DICK GEHÖRT AUCH ZU IHRER SCHAR.

ER MUSS LERNEN, MIT KRI-TIK ZU LEBEN, ALFRED!

NATÜRLICH, SIR, ES IST NUR ... SIE BEDEUTEN DIE WELT FÜR DEN JUNGEN, SIR!

DAS GILT FÜR BEI-DE SEITEN, ALFRED. WAS DENKST DU, WIE ICH MICH FÜHLEN WÜRDE, WENN IHM ETWAS GESCHIEHT? ER BRAUCHT EIN VENTIL FÜR SEINE WUT ... ETWAS, DAS ICH IN SEINEM ALTER NICHT HATTE ...

... ABER WENN ICH MIR VOR-STELLE, ICH WÄRE FÜR DEN TOD EINES MENSCHEN, DEN ICH LIEBE, VERANTWORTLICH ... ICH WEISS NICHT, WAS AUS MIR WÜRDE, ALFRED!

ICH VERSTEHE, SIR. GUTE JAGD!

ALFRED ...

SIR?

GIB DEM JUNGEN EIN STÜCK VON DEINER SCHOKOLADENTORTE.

ICH BACKE EINE *FRISCHE*, SIR!

IS DOCH ...

KRUNNCH

ELCH ...?

DIE TÜREN HIER SIND NICHT GERADE STABIL!

W-WAS WILLST DU?

ES HEISST, BEI JEDEM ILLEGALEN GESCHÄFT IN DER STADT HÄTTEST DU DIE FINGER IM SPIEL, PROFILE. ES WIRD ZEIT, DASS WIR UNS KENNENLERNEN. ICH SUCHE DEN SCHNITTER!

DEN SCHNITTER?

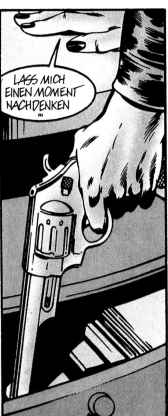

LASS MICH EINEN MOMENT NACHDENKEN ...

LIEBER NICHT!

DIE WAFFE DES MÄD-
CHENS ... DAS GLEICHE MO-
DELL WIE DIE, MIT DER CHILL
MEINE ELTERN UMBRACHTE!
ICH HOB SIE JAHRELANG
AUF, ALS ER SIE NACH
DEM MORD VERLOR
...

" ... UND KRAMTE SIE HERAUS,
ALS CHILL WIEDER AUF-
TAUCHTE! ICH WEISS BIS
HEUTE NICHT, OB ICH IHN UM-
GEBRACHT HÄTTE ODER
NICHT ... DER SCHNITTER
WAR SCHNELLER "

WAYNE
FOUNDATION
BUILDING

" DOCH ICH VERSUCHTE, CHILLS
GEIST MIT SEINER WAFFE FÜR
IMMER IM GRUNDSTEIN DER STIF-
TUNG ZU BEGRABEN, DIE ICH DEM
ANDENKEN MEINER ELTERN WEIHTE!

WENN DIESER ZWEITE „SCHNITTER"
SO VIEL ÜBER DAS ORIGINAL WEISS, WEISS
ER VIELLEICHT AUCH, WO DIE WAFFE IST,
UM SIE - UND DAS WAS SIE DARSTELLT-
GEGEN MICH ZU NUTZEN
!

ICH WERDE
WARTEN!

WAS
HAST DU DENN
JETZT NOCH
VOR?

ICH BIN NICHT
SO MÜDE, WIE ICH
DACHTE ... ICH BRAU-
CHE FRISCHE
LUFT!

IN DIESER
UMGEBUNG?

ICH BIN ER-
WACHSEN, LESLIE ...
ICH KANN MICH MEI-
NER HAUT WEHREN!

SEI JA VOR-
SICHTIG! UND
BLEIB NICHT SO
LANG!

PARK ROW   UNION

NUR EINMAL
UM DEN BLOCK, DANN
BIN ICH MÜDE
GENUG!

ER HÄTTE MIR NICHTS GETAN! MEIN VATER WÜRDE MICH NIEMALS ...

DAS IST NICHT IHR VATER, MISS CASPIAN! ABER BIS SIE MIR DAS GLAUBEN ...

„ SIND SIE IN GRÖSSERER GEFAHR ALS ICH !

OHHHHHHHHH...

FSSSST

RACHEL?

RACHEL...

BIST DU IN ORDNUNG? DAS WAR SEHR DUMM, LIEBES!

... LESLIE ...?

... DIESER ... DIESER BATMAN ... ER HAT MICH BETÄUBT ...

EINE SEHR GUTE IDEE!

... ICH WAR SO NAHE AN MEINEM VATER ... FALLS ES MEIN VATER WAR! ES KOMMT MIR FAST WIE EIN TRAUM VOR, DOCH ...

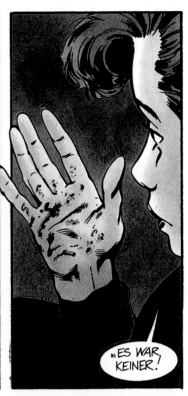

... ES WAR KEINER!

OFFENBAR HAT VON IHRER AUSEINANDERSETZUNG AUSSCHLIESSLICH DIE VERBANDMULL- UND PFLASTERINDUSTRIE PROFITIERT, MASTER BRUCE!

GANZ UND GAR NICHT, ALFRED. ICH WEISS JETZT, DASS ER NICHT JUDSON CASPIAN IST. ER KÄMPFT VÖLLIG ANDERS. ABER ICH WEISS NOCH NICHT, WER ER IST ODER WAS ER WILL!

MAKEUP B

MAKEUP C

MAKEUP

TATSÄCHLICH WEISS ER MEHR ÜBER MICH ALS ICH ÜBER IHN ... UND IN SOLCHEN FÄLLEN HABE ICH STETS GERN EIN AS IM ÄRMEL!

DANN IST DIE SUCHE NACH DEM KERL UNSER NÄCHSTER JOB, WAS?

DU BIST NOCH DRAUSSEN, DICK!

STUDIERE ERST DEINE BÜCHER ÜBER KRIMINOLOGIE, DANN REDEN WIR.

SCHON GUT ...

HI, DAD! WAS HAST DU DA?

DAS, WAS ICH WOLLTE, KLEINER ...

"... DIESE KANONE HIER! SIE GEHÖRTE DEINEM OPA! ICH SAH, WIE BATMAN SIE IN SEINER TODES-NACHT VERSTECKTE. BATMAN WOLLTE MICH AUFHALTEN, ABER ICH HEIZTE IHM EIN!

ECHT STARK ...

LASS MAL SEHEN ...

DU WIRST SIE NICHT ANFASSEN, JUNGE! ICH HÄTTE SIE DIR NICHT ZEIGEN SOLLEN!

WIESO?

WEIL DICH DAS, WAS ICH HIER MACHE, NICHT BE-EINFLUSSEN SOLL. WENN ICH ERLEDIGT HABE, WAS ICH TUN MUSS, IST ES VORÜBER, VERSTANDEN?

ICH GLAUBE ...

UND WIE LANGE WIRD ES NOCH DAU-ERN, JOSEPH?

ICH WEISS NICHT, MARCIA. ERST MUSS MICH BATMAN WOHL FIN-DEN, DENKE ICH!

ÜBERLASS IHM NICHT DIE INITIATIVE! DU MUSST DIESACHE EINLEITEN!

WIE?

DU SAGST, DU HÄTTEST MIT IHM GEKÄMPFT! WARUM HAST DU IHN NICHT GE-FANGEN?

ICH TRAF RACHEL CASPIAN! SIE DACHTE, ICH SEI IHR VATER! BATMAN HAUTE MIT IHR AB, UM SIE ZU BESCHÜTZEN!

DAS IST ES! FINDE SIE, DANN HA-BEN WIR IHN!

GLAUBST DU ECHT?

ICH WEISS ES! KANN'S NICHT ERWAR-TEN, ZU SEHEN, WAS IHM DAS HIER ANTUT!

SISTERS
OF
MERCY
CONVENT

WAHL
WIEDERHOLUNG

BEEP
EEP
BEEP
EEP
BEEP
EEP

HIER WAYNE CLINIC, SIE WÜNSCHEN BITTE?

HALLO...?

RACHEL? LACH NICHT, ABER ICH BRINGE DIR EINEN BECHER WARME MILCH...

NOK NOK

LESLIE!

WAS VERSTECKST DU DENN DA?

NICHTS.

LÜG MICH NICHT AN, JUNGE DAME!

SCHNITTER

HALTE SIE DOCH AUF!

DER SCHNITTER FING AN!

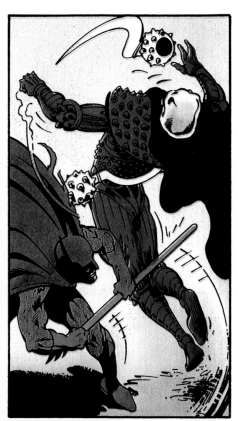

WOK

UND WENN *NICHT...* DANN BIST DU BEREIT, WAS?

WIR SIND BEREIT.

NEHMT IHN MIT, JUNGS!

JA, SIR, MR. GORDON!

SIR, DARF ICH MIT DAD INS KRANKENHAUS FAHREN?

ICH HABE NICHTS DAGEGEN!

LÄSST DU'S JETZT LANGSAM ANGEHEN, BATMAN?

VIELLEICHT, POLIZEICHEF... NACHDEM WIR UNS UM MORGAN JONES GEKÜMMERT HABEN.

DAS IST DOCH KEIN BEWEISMATERIAL?

NUR ETWAS, DAS ICH SCHON VOR LANGER ZEIT HÄTTE WEGWERFEN SOLLEN, POLIZEICHEF!

HSSSST